야 생 화

김동우 시인
1956년 1월 4일 서울생
서울예술대학 문예창작과 졸업
대한출판문화협회 편집인 대학 수료
금성출판사 세계문학부 근무
영림카디널 편집장 재직
'낮달' 시 동인으로 시 창작 활동
▲ 저서: 첫 시집 『번뇌의 시간, 꽃으로 피다』 출간

야 생 화

초판 인쇄 / 2023년 1월 7일
초판 발행 / 2023년 1월 11일

지은이 / 김동우
펴낸곳 / 도서출판 말벗
펴낸이 / 박관홍
신고일 / 2007년 11월 2일

주소 / 서울 노원구 덕릉로 127길 25 상가동 2층 204-384호
전화 / 02)774-5600
팩스 / 02)720-7500
메일 / malbut1@naver.com
ISBN 979-88286-34-8 03810

www.malbut.co.kr
ⓒ 2023 김동우

하림시인선 08

야 생 화

김동우 시인

대나무 낚싯대를 정성스럽게 만든다.

아름다운 꽃이 되어서요.

시를 쓰고 있어요.

저 해맑은 강물 속에 있는 예쁜 꽃처럼 보이는 금붕어가 그러더라 미소를 짓고 그 대나무 낚싯대 끝에서는요 숨소리가 들린다고 합니다.

이심전심으로 그러더라.

미소를 짓고 있는 그 모습이 빨간 꽃이어라.

그렇게 시를 쓰고 있어요.

색깔은 상관없고 그저 좋아서 해맑게 웃고들 피는 그 사랑인 꽃이어라.

시인의 그런 꽃이어야 한다는 언어의 그 잔잔한 의미가

2023년 새해에

차례

1부 꺾인 그 꽃

야생화 / 13

꽃샘추위 / 15

꽃 Ⅲ / 17

시든 꽃 / 18

들꽃 Ⅱ / 19

꽃이어라 / 20

바람꽃 / 21

봄비 / 22

화사하다 / 23

품다 / 24

돌아보는 순간 / 25

동백꽃이 피어 있는 그 길 / 26

봄날 / 28

꺾인 그 꽃 / 29

어느 봄이든 / 30

도라지꽃 / 31

치장 / 32

그 꽃 Ⅱ / 33

곱다 / 34

이 꽃 저 꽃 / 35

화병 / 36

봄이어라 / 37

꽃꽂이 / 38

억새 / 40

대나무 / 41

산에 오른다 / 42

2부   어느새

다도 / 45

그 사랑 / 46

참말로 / 47

대란 / 48

상처 / 49

차이 / 50

웃음 / 51

아픔 / 52

어느새 / 53

이쁘다 / 54

수족관의 물고기 / 55

시작 / 56

명태 / 57

믿음 / 59

아침 / 60

거품 / 61

보는 눈 / 62

그 바람 / 63

움 / 64

자연의 조화 / 65

마음의 봄 / 66

비의 여정 / 68

무지개 / 69

망울 / 70

바람 / 71

3부 루어

낙지 다듬이 / 75

어린아이의 일기장 / 76

빈손 / 77

기대 / 78

어항 속 금붕어 / 79

보듬다 / 80

시계 / 82

루어 / 83

긍정 Ⅱ / 85

마음 챙김 / 86

폐지 줍는 노인들 / 87

고장난 시계 / 88

색채의 향연 / 89

가능성 / 90

한계 / 91

부부 사랑 / 92

눈꺼풀의 무게 / 93

전설 / 94

저 이별 / 95

흔적 / 96

다른 생각 / 97

빵 / 98

그리움 Ⅲ / 100

철판 떡볶이 / 101

웃고들 사네 / 102

웃음 치료 / 103

처음 / 104

산책 / 105

음 / 106

4부 일어서는 법

수의 / 111

작대기 / 112

추락 / 113

사기 / 114

근심 걱정 / 115

부부 / 116

인연 / 117

시를 쓴다 / 118

일어서는 법 / 119

표 / 120

동의어 / 121

받아쓰기 / 123

거친 손 / 124

민심 / 125

스님 / 126

피터팬 / 127

부부로 산다는 것 / 128

오래된 기억 / 129

그네 / 130

같은 생각 / 131

평화 / 132

행간 / 134

책임 / 135

밀다 / 137

자원봉사 / 138

닭똥집 / 139

사표 / 141

바로 세우겠다 / 143

〈해설〉 / 145

1부
꺾인 그 꽃

야생화

누가 돌보거나
가꾸는 사람들 없어도
산과 들에 어디든
웃고들 피는 그 꽃
야생화

보는 이 없어도
그 하루하루가 말이네요
언제든 즐거움이어라
해님 보고들 웃네요
따사한 햇살에 그
감사한 마음 전하고들

사람들 사는 일도 그렇네
힘든 환경 속에서도
웃고들 있는 힘을 다하면
모든 것이 꽃의 모습이려니 하네
다들이지

야생화처럼
어디에서든 기분 좋게들
웃어 봐요
웃어들 봐요

꽃샘추위

시샘을 하고 있다
꽃님네들 봄이 왔다고 웃고들
하나둘 꽃망울 터트리고 있는데

그러고들 있네 무슨 심보인고
생각지도 않은 눈보라 말이어라
꽃샘
새봄에 핀 그 꽃님네들
파르르 떨고 있네

그래도 봄이어라 봄봄

사람들 사는 일에도 그러한 일 있네
좋은 일에는 꼭 따라다니는 시샘
신경들 쓰지 않으면 되네
진통을 겪고 피어난 것이
꽃님네들 그 웃는 모습 아니던가

누가 시샘하든

꽃님네들 새롭게 웃고 피는
그 계절에는 눈보라 치네
시샘을 하는 것들마저도
속으로는 봄이 왔다는 것을 아네
누가 인상을 쓰든 말든
꽃님네들처럼 웃고 있는 것은
다들이지

모두가 봄이어라 그 봄봄

꽃 Ⅲ

언제든
꽃이고 싶은데
그게 쉽지는 않네
웬 말이 그리들 많은지

꽃

힘들게들 꽃이어라
이 꽃 저 꽃들 말이네

웃고들
꽃으로들 피는 것도
힘이 드네

세상 사는 일이
그렇다고들 하네

남들 잘되는 것
그냥 보기가 싫어

시든 꽃

시든 꽃도 꽃이어라
원망하는 그 눈빛 말이네
나를 왜 꺾었냐고 묻네
다들 그래요

시든 꽃
그 꽃님네들 원망만 하다가
오래지 않아 모두 슬프게 가네

왜 나를 그냥
자연의 모습 그대로 놔두지
그랬으면 지금쯤 꽃씨 하나는
가시는 그 꽃님네들 마음속에
품었을 터인데
왜, 왜 왜들 그리들 무참하게
꺾었냐고 원망들 하며 가네

들꽃 II

들에 핀 그 꽃이
나의 마음을 울릴 줄을 누가
알았겠느냐

들꽃
그 피어 있는 것이

사람들 관심 밖이어도 웃고들 있네
지금 그 모습을 보고 있네

외롭다고들 하는
상처받은 그 마음에 많은 위로가 되더이다
웃고들 있는 그 모습

들꽃 들꽃
누가 일부러 시킨 것이 아닌데도
웃고들 있는 그 모습

꽃이어라

봄날에는 누구나 꽃이어라
그 봄날에는 다들 꽃이어라
웃고들 피는 꽃이어라
그 꽃이어라

꽃이 아니어도
꽃의 모습으로 웃고 있네

이쁘지
이쁘지들 하며

예쁘게들 웃고들
피어

바람꽃

바람이 부네
이쪽저쪽 어디에서든 부네

그 하얀 꽃
설레는 마음이어라

말없이
그 꽃을 바라본다
모두가 하얀 마음이길 바라고들

슬픔이 없는
그 바람꽃 세상이길
그 마음에 한 송이 얹어 보네

전쟁이 없는
그 사회 평화

봄비

봄비
내리네요

빗물이 눈물로 보이는 것은

슬픔 때문인가
기쁨 때문인가요

다들 마음을 적시고 있네

따지고들 보면
그 슬픔도 기쁨도 꽃이어라

누군가의 영정 앞에서
웃고 누워 있는

국화꽃
그 한 송이

화사하다

볼 때마다 웃고들 있어요

꽃도 아닌
그것이 말이어요
행복하다고

화사하다

꽃이 아닌 곳에서
꽃처럼 느껴지는 그것을 본다

열심히 살다가 보면
그런 일도 있네

행복해요 하며
웃고들 있는 그 얼굴

품다

씨앗을 품다

그거
꽃이어라

마음을 품다

그거
사랑이어라

품다

어디든 품에 안고 있는 그것들
씨앗이든 마음이든 다들

모두가 사랑하는 꽃이어라
웃고들 있는

돌아보는 순간

모든 것이
후회인 줄 알았다
돌아보는 순간

그런데
그게 아니었네요

소풍 소풍
누군가의 손짓 그 안녕

지금까지 불편한 것은
없었는지 묻고 있다

웃고들
마중 그 소풍

동백꽃이 피어 있는 그 길

산책을 하네

동백꽃 빨간 그것
예쁘게 피어 있는 것을
그냥 바라보는 것도 좋지만
동백꽃 그 꽃이 지면 걸어보라 하네

저 붉은 꽃님네들 떨어지네
늦은 겨울 일찍이 피어서는
슬픈 모습 빨갛게 떨어지고들
낙화의 그 모습들이 진짜로
모두가 다 겨우내 원하던
그 봄이 왔다고 하네

동백꽃이 피어 있는 그 길

봄이어라
진짜 봄이어라
동백꽃 떨어지는 것

슬퍼 보여도 말이어라

진짜로들 그 봄이 왔다고
흔쾌한 마음으로 전하고 있네
그 꽃 동백꽃 빨갛게 길가에 누워
떨어진 동백꽃이 슬퍼 보이지만
빨간 그 마음 울긋불긋해도
상처받은 것은 아니라고들
말을 하고 있네

가지각색 여기저기에
다른 꽃으로 핀 그것들이
웃고들 보여주는 저 봄날의 하모니
새로운 봄의 모습을 보라 하며

봄날

꽃이 피어 봄날인가
봄이 왔다고 그 봄날에
꽃이 피는 것인가

봄날
그 봄날엔
웃고들 피어 있는 것이 모두
꽃이 아닌 것도
꽃으로들 보이네요
꽃이어라
그 꽃이더라

마음들마저도
그저 웃고들

꽃으로들 피는
그 봄날

꺾인 그 꽃

열흘 넘게 가까이 두고들
볼 수 있는 꽃이 없다더니
니가 그 꽃이네

꺾인 그 꽃
꺾이지 않은 꽃들은
웃는 그 모습이 지금도
그대로인데

그 꺾인 꽃들
다들
고개 숙여
인상들 쓰고 있네

어느 봄이든

꽃님네들 잔치여라
즐겁게들 웃고 있는 그
모습이 말이어라

봄봄
말이어라

어느 봄이든 그 봄에는
새롭게들 피어나는
그 꽃님네들 모습이
다 그렇더라

잔치 났네 꽃님네 잔치
웃고들 서로 바라보는 그 모습

하늘하늘
그 하늘에 부는 바람도
꽃님네들 웃고들 있는
그 모습이 보고 싶어
쉬었다가 가네

도라지꽃

보라

보랏빛 영롱한
도라지꽃 그 모습을
산과 들 어디든 피어서들

보랏빛 말고도 해맑게
하얗게 웃고들 있네

그 꽃말이
영원한 사랑이라고 해요

보랏빛 영롱한
도라지꽃 그 모습

산과 들에 핀
그 모습 보라

치장

꾸미고들
가꾸고들 그 하는 일
치장

모두가 꽃의 모습이 되고 싶어 하네
아름답게 보이고 싶은 마음이더라
속살은 누구나 다들 똑같은데
꾸미고들 가꾸는 그 모습이
어찌하는지에 따라
다 달라 보이네

꽃으로들 보이고 싶은
그 모습

그 꽃 Ⅱ

바삐들 지나쳐
못 보았던 길가에 민들레
들꽃들 말이어라

그 꽃
나이가 드니
그제야 보인다고 하더이다
다들 말이네
노인 스스로도 지난 시절이
꽃이었는데 그러고들 있네
지나치고 난 뒤 뒤돌아보면
알게 되는 그 묘한 진실

뒤늦게들
다행스럽게도
예쁜 꽃으로들 피어 있네
그 뒤늦은 후회로 남아

곱다

예쁜 것을 보면
곱다
그렇게들 말을 하더이다

꽃을 보고
예쁜 사람을 봐도
그렇게들 말을 하네

이쁘지 이뻐

곱다고들 하네
이쁜 그것들 웃고 있는 것을

고운 마음으로
본다

이 꽃 저 꽃

어느
꽃이든

그 꽃으로들 산다는 것이
쉬운 일은 아니라고 하더이다

어린아이가 태어나는 것도
그러하네요

처음부터 울음이다

으앙
말은 못 해도

이 꽃 저 꽃
그 꽃들
웃고 있는 속내도
말을 못 하는 것이 아니라
안 하여도
그럴 것만 같네

화병

꺾인
그 꽃이 잘려져 있는

보고 있다
화병 안에 꽂혀 있는
그것을 말이어라

화병

그 안에서
아파하고 있는 마음도 보네
꽃님네들의 꺾여 있는
그 상처 말이어라
그것 말이네

화가 나는 일이기도 하이
홧병

봄이어라

벌 나비들 춤을 추고 있다

꽃이 피는 것이 좋아
웃고들 춤을 추네

봄이어라
들에 핀 꽃님네들 웃고 있네

춤을 추는 벌 나비와 어울려서도
활기가 넘쳐나는 봄의 모습이어라
그 봄이어라

어화라
둥둥

꽃꽂이

꽃가지를 꺾어 화병에 가지런히
모양 좋게 하는 그 일

하는 이나
그걸 보는 사람들에게는
즐거운 일이건만
꽃님네들에게는 아니어라
그 꽃님네들 웃는 것처럼 보여도
속내는 그게 아니어라

꽃꽂이

화병에 꽂혀 있는
그 꽃님네들 자세히 보시게
꽃가지로 꺾이지 않고
자연의 모습 그대로였으면
꽃씨 여럿 품고 열매로
자랐을 것인데

아니어라 A 아니어라

꽃님네들 그 슬픈 모습
좋아서 웃고 있는 것이 아닌데
꽃꽂이하는 그 사람들 무심하게도
아름답지 않냐며
재미로 보고 있네

억새

억세어 억새가 아니어라

억새
그 가는 몸
살랑살랑 부는 바람에도
휘어져 날리더라
연약한 몸과 마음이기도 하네요
그 휘어져 날림이 불안해 보이네요

바람이 부네
모질지만 않았으면
좋겠다고들 하더이다

억새밭에 부는
그 바람

대나무

대나무 숲에 가서 보네

곧게 뻗은 그것
늘 푸른 마음이어라
그 절개 있는 모습이 말이어라

대나무

일송정 푸른 솔만이
늘 푸른 것이 아니어라
대나무도 그러하이
하나 같이 다들

곧게 하늘로 뻗어 있는
그 모습

산에 오른다

눈비가 오거나
칼바람이 불어도
등산

산에 오르는 것은
산 정상에 가까이 갈수록
저 푸른 하늘이 맑아 보이는 것처럼
허공 중에 스스로도 모르게 내려놓는
비워지는 마음이 있어 그러하리라
그 산에 오른다

까까중 스님들의
늘 사심을 내려놓고자
목탁을 두드리고들 나무아미타불
그 불공을 드리는 마음이기도 하여라
부처님 염화시중의 미소
세상 사는 그것이 다 번뇌로다

스님들이 멋쩍게 배시시
웃네

2부
어느새

다도

차를 마신다
그냥
마시는 것이 아니어라

다도

정성을 들여
하고들 있는 하나하나
그 모양새가 모두 물 흐르듯 하네
마음을 닦고들 있다

찻잔 위에
떠오르는 것들 음미하며
흐르는 물에 씻어내야 할 여러
생각들이 많네

다도

그 사랑

꽃을 본 것과
같은 마음이려니 하더이다
그 사랑

빨간 그것이
장미꽃 한 송이 받쳐 들며
수줍게들 웃고는
그 꽃으로 피어서들

서로에게
그 꽃을 본 것처럼
같은 마음이려니 하더이다
사랑, 사랑 그 빨갛게들

꽃으로들 보이는
사랑

46

참말로

고것 참 거짓이라 해도
믿지를 않네요

참말로
말들이 너무 많네
떠도는 말이 그러하다

다들
그 하는 말
꽃도 아닌 그것이
스스로들
자기가 꽃이라고 한다

대란

달걀 중에 제일 큰 것인가 했다

대중소 가운데
제일 먼저 있어서 말이어라
대란

특란 왕란이 있는 것도 모르고
그랬네요

알 크기 그거
말하다 뒤돌아보니
저쪽에서 누군가 웃고 있네
오리알 폼 잡고

상처

상처가 났다고 해
빨간 약이라도 발라줄까 했는데
그 약을 바를 수가 없다고 해요

상처

그 상처 난 곳이
하필이면 다른 곳이 아니라
마음이어 그렇다고 하네

A

나도 마음이 편하지는
않네

차이

그림 속 호랑이를 보고 있다

다들
무섭다고
화들짝 놀라
한발 물러서는데

차이
그냥 그걸
그림으로 보는 사람은
그러질 않네

한발 다가서
가까이 들여다보며 고놈 참
무섭게는 보인다고 넘 얘기하듯 하네
구렁이 담 넘어가듯 말이어라

참이지
고것

웃음

웃고들 하는
그것 행복이란 것
저 멀리 있는 것이 아니어라

길가에 핀 꽃님네들이
웃고 있네

웃음

저절로
웃음 짓는 그 모습들이
그게 말이어라

다들 행복이라고
하네

아픔

빨갛게 상처가 난
그것들

아픔

깊은 상처여도
시간이 지나고 나면
빨간 꽃이어라

어떤 상처도
마음에 진한 기억으로 남아
그런 때도
있었지 하네

어느새

새가 나는 일은
누구나 다 아는데

이상한 일도 있네
나는 것을 본 적이 없는
형체도 없는
그 어느새

누구나 꽃잎이었던 그것이
울긋불긋 사라지는 것을 보네

빨간 노을이어라
그새

이쁘다

아이 어디 사는
누구든지 이쁘다
꽃도 그러하네
웃고들 있어서도 그러하네

무궁화꽃이 피었습니다
술래잡기하는 아이가
누군가 움직이는 것을
살펴보고 있네

두 눈을 크게 뜨고
그리들 하고 있네요
이쁘다

이쁜
그 아이들
두 눈을 크게 뜨고
살펴보는 그것
꽃님네들 웃고 피는 것도

수족관의 물고기

수족관에서 볼 수 있는
그 물고기들

돌고래 등등 온갖 물고기 다들
바다에서 온 것이건만
정작 그 바다에 가서는 모두
흔히 볼 수 있는 일이 아니어라

자연의 그것 말이네
고기고기 그 물고기
바다에서는 인위적이 아니어서
그렇다고들 하네요

수족관의 물고기
갇혀 있는 그것이 어찌들 보면
슬픔이어라

수족관의 그 물고기
슬프게 보이는 그것이
씁쓸하게들 웃네

시작

시작이라는 그것

다들
끝에 서 있다

시작

끝이 난 그것을 보네
끝에 서 있는 것을 말이어라

다시
시작

명태

추운 겨울
얼었다 녹았다
반복하며

황태로 말려지고들

갈기갈기 통째로 찢긴
그것이 말이네

시인의 마음이라고들 하더이다

가슴을 헤집고 써 내려가는
시 한 편 부조리한 세상을 보는
아픈 마음이기도 하네
그 시인

명태
그 맑은 눈깔 보기가 불편해
황태로 말린 것만 골라
고추장 발라

거나하게 취하고들
이래저래 먹히고들 하는
그 세상이 마음에 차지도 않아
핑계들 대고
소주 한잔들 하네

믿음

보이는 것이 다는 아니더라
보이지 않는 곳에서 일어난 일도
우리는 믿네

믿음
믿는 그것
보이지 않는 저곳
남쪽 해변 마을에서는
동백꽃 빨갛게 피고들이지
벌써 봄이라고 하더이다

봄이어라
그 봄봄
동백꽃 붉게 핀 그 봄
우린 그걸 보지 않았어도
다들 그렇다고 믿네

아침

아침이다
창문을 여네

창밖에 꽃들이 화사하게
웃고 있는 것을
보고 있네요

그 아침
오늘 내 하루가
꽃님네들 웃고 있는
그 모습이었으면 좋겠네요

창문을 열고 꽃을 바라보는
그 아침

거품

맥주를 마시고 있네
바닷가 창 넓은 집에서
맥주를 마시고 있네
거품

창밖으로
가까이에 보이는 바닷물
거센 파도가 하얀 거품을 물며
달려들고 있다

맥주를 마시고 있네
거품을 물고
달려드는 저기 저 창밖의
거센 파도의
마음이려니 하네

보는 눈

생각하기 나름이다

길가에
꽃이 피었습니다

보는 눈

그냥 지나치는 사람이 있는가 하면
가까이 다가가 웃고들 들여다보고는
예쁘게 피었네 하는 사람도 있다

무궁화꽃이 피었습니다

누가 보나
안 보는지
숨바꼭질하네

그 바람

이 바람 저 바람 그 바람 부네
동서남북 어디든 가릴 것 없이
그러기는 해도 아무 때나 부나
그건 아니라고 하네
봄봄 하며 비가 와야
봄바람이 분다고도 하고
더워야 쉬고 싶어
지친 가슴 바람이 불고들
소나기로 내린다고도 하네
그것 말고도 숱한 바람이 부네

다 하늘이 하는 일이어라
이 바람 저 바람
그 바람 바람
다들 하늘이 하는 일이더라
저 바람

움

움,
음 싹이었구나

여기저기
푸릇푸릇 돋는 그것

움

그 움이 트는 곳에
아플 것 같아 보이는데
상처가 난 틈 사이로
싹이 돋네

푸르게들
봄봄

자연의 조화

산과 들에
꽃님네들 나무와
자연스럽게 어우러져 있는
그 모습이 누가 봐도 좋네요
혼자만이 해낼 수 없는
그 조화로운 모습

자연의 조화

사람들 살아가는 것도
그러하더이다

혼자가 된
홀아비의 쓸쓸해 보이는
그 뒷모습을 보고 있다

마음의 봄

사람들이 웃는 모습
어느 누가 웃든 보기에 다들
좋다고 하더이다

마음의 봄
그 봄이 꽃님네들만의
봄은 아니라고 하더이다

이 사람 저 사람들 모두가
웃고들 있어서 말이네
그것도 다 봄이려니 하더이다

웃어 봐요
다들 웃어 봐요
꽃님네들처럼 말이네

닫힌 그 마음
활짝들 열어놓고

마음의 창문을 여네
봄봄 모두의 봄이어라
그 봄

비의 여정

비가 내리네

그 빗물
내를 건너고서
강물 따라 흘러가는
저 긴 비의 여정

지루할 것 같네만
그렇지도 않네
그 끝에서들
바다를 만나네

수평선 저 끝에서 해가
뜨는 것이 보이네

희망이어라
붉게 떠오르는 그 희망

무지개

비가 온 뒤
갠 하늘에
무지개가 떴네

그 무지개
하늘이 허락해야 볼 수 있는
그런 일이어라
참말로 어디서든
흔히 볼 수 있는 일은 아니더라
무지갯빛이 나는 그 하늘 말이네

빨주노초파남보 영롱한 빛깔들
보라보라 그 빛 보라 하는
하늘에 높이 떠 있는 그
모습이 아름답더이다
꿈과도 같아 보이는
저 높은 하늘에
빛이 나는 그 모습

망울

망울망울
맺혀 있는 그것이
눈물처럼 보였는데

예쁜 꽃님네들
웃는 모습이었네
눈물처럼 보였던 그것

망울

그 망울망울
맺힌 그것 뚫고는
아픔일 것 같은 그것이
꽃님네들 웃고 있는 모습이었네
망울망울 맺혀 있는 그것
봄이었어라

웃고들
봄봄

바람

바람에는 소리가 있다

어느 바람이든
그 바람

사각사각
살랑살랑 부네
산들산들 어른거리는 소리
그 바람들

소리 없이 부는 것이 아니어라
비바람 부네
그곳에 슬며시
바람 타고 오시는
비 님 마중

갓 핀 꽃님네들이
좋아라 좋아서 저기
저 하늘을 흔들어대는
바람 소리에
다들 웃고 있어요
방긋

3부
루어

낙지 다듬이

식칼로 야무지게
탕탕 두들겨 다닥다닥 다지고들
칼로 무참하게 다져지는 아픔을 보네

눈으로 보고 맛으로도 보고
도마 위에 사정없이
내려쳐지는 칼날에 아무 대책이 없는
산 낙지의 토막 난 모습
그 낙지 다듬이

작살이 나는 낙지
사정 좀 봐 달라고 하네
죽을 맛이라며
그거 죽을 맛 맞기는 한데
참 그 낙지 인생
산 채로 다져지고들
보기가 딱하네
퍽이나 무참도 하이

어린아이의 일기장

훗날 잊지 못할
어린 시절의 기억이 될
그 일기장
그 어느 날이 기록된
그 어린아이의 일기장

그곳에는
꽃 한 송이 그려져 있네
서툴지만 나름 예쁘게들
그 아래에는 어린아이의
그 더듬더듬한 글씨가 비뚤 빼둘
오늘 길가에서 그 예쁜 꽃을
보았다고 하네

빈손

부족한 것이 많아도
채워가는 마음으로 산다

그 비워 있는 곳에도
꽃이 피네

빈손

말없이 웃고들 슬며시
꽃으로들 피는 그곳

부처님의
비어 있는 손바닥을 본다
그곳도 빈손이네

염화시중의 그 미소
웃고들 피어

기대

저쪽에서 앉아
대기하고들 웃으면서
바라는 그 마음

기대

무언가를 기다리고 있네
비 님이 오시면 좋을 것 같다고들
그런 느낌이네
그 비 님이 오시네요

꽃님네들도 웃어 보이는
그 마음

어항 속 금붕어

보기에는 좋아 보여도
갇혀 있는 신세라 가끔은
서글픈 마음으로 보아요

어항 속 금붕어
유영하는 그 모습이 자유로워도
그래 보여요

뽀끌뽀끌 산소 공급 없이는
살 수가 없다고도 하네요

겉으로는 금빛이 나 보이는
금붕어 그 모습

보듬다

울고 있는
누군가의 곁에 가 앉아

눈물 어루만져
보듬고 있는 그것 말이네

사랑이어라
보듬네요

그
보듬다

빨갛게 피어 있는
꽃 한 송이
사랑이어라

울고 있는 그 누군가가 말이어라
웃을 수 있는
그 사랑이어라

웃어 봐요
다들 웃어봐요

모두가 빨간 한 송이
꽃이려니 하네

시계

시계의 태엽을 감고 있다
초침 분침 시침이
움직이고들
시간이 돌아가더이다

지금은 흔히 볼 수 없는
시계 수리점의 흔적
그 옛날에는
고장이 나 있는
움직이지 않는 시간도 다들
고쳐 쓰고는 했는데

지금은 그 초침 분침 시침이
움직이는 것도
대개는 어디서든 자동

루어

가짜 미끼

그걸 무네
진짜인 줄 알고

루어

무는 그걸 보고 있네요
진짜처럼 보이기는 하네

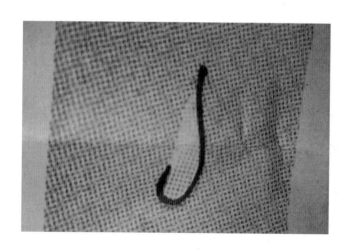

새 대가리 나쁜 줄은
줄곧 들어서 아는데요
물고기 머리 나쁜 것은
루어 무는 것을 보고
알았네요

고것 참
신기하게도
낚시꾼 좋아하라고들
그 머리 나쁜 물고기들
루어

그 가짜 미끼를
무네

긍정 Ⅱ

생각이 바뀌었다고 한다

꽃이 피는 것을
보고들 그리 말을 하네

긍정

꽃님네들 웃고 있는 그 모습이
보기에 좋다고

웃는 것들의 모습이 말이어라
꽃님네들 아니고도

대개는 다 그렇다
긍정

마음 챙김

서로 마음을 열고
주변 모든 것에 세심한
주의를 기울이며 새롭게들
생각하는 일이어라

마음 챙김
여러 마음이
새로운 것을 발견하며
세상에 이런 일도 있구나
마음속에 품고 있는
묵은 씨앗 하나
그 하나가 뒤늦게
새롭게들 이쁜

꽃으로들 피어나는
일이기도 하다

폐지 줍는 노인들

고된 삶이어라
팍팍하고 힘이 드는
폐지 줍는 노인들

늙고 힘이 없어
그늘진 사각지대에 사는 그 노인들
길거리에서 폐지 줍다 보면 별일도 다 있네
손수레 끌고 가는 것도 힘드는데

뒤에서 차가 얼쩡거린다고
닦달하네 빵빵거리고
아이고 마음들이 불안불안 바쁘기만 하네

힘이 없는
노인 대접 우습게들
참말로 안타깝기만 하네

폐지 줍는 그 노인들
고된 삶이

고장난 시계

시간이
멈춘 상태로 흘러간다
그 고장난 시계

그 시간이 말이어라
뒷방 늙은이 멍들 때리며
멍청하게들 앉아 있는
시간이 말이네요
딱 그 시간이다

뭐라 말을 할 수 없는
그 시간

색채의 향연

여러 꽃님네들
어우러진 그 모습이 그렇네
축제여라

색채의 향연
빨주노초파남보
그 무지개 빛깔이 아니어도
가지각색 웃고들 있네

꽃님네들
서로 어우러져
웃고들 있어 봄이어라
봄봄 꽃님네들 말고도
모두가 웃고들 있어요

축제여라
색채의 향연

가능성

언제든
열려 있다

늘
상 늘
상

꿈을
꾼다

한계

고개였어라 굽이굽이
모두가 그 험한 고개였더라

한계령을 넘네
그 고개가 어디서
끝이 나는 줄 모르고
그 고개를 넘고 있네

한계
사는 게 늘 벅차고들
때로는 다들 숨이 차기도 하네
그렇다고 멈출 수도 없다

고개였어도
힘들게 넘는
저 고개 너머엔 분명
꽃님네들 모여 웃고 있는
그런 곳이 있을 것이라 믿네

부부 사랑

젊어서 품은 씨앗

살면서 움을 틔우고
싹이 돋느라 상처이더니
그 부부 사랑
늘그막에 꽃을 피우고 있네

웃고들
예쁘게들 피어
서로를 바라보는 그 모습

늙기는 했어도 말이네
정겹게들 보이는 그 모습이
누가 보기에도 좋네

눈꺼풀의 무게

작은 무게가
천근만근이더라
고되고 힘든 하루가
그 작은 무게에
실려 있다

눈꺼풀의 무게

눈이 감기네 저절로들
그 눈꺼풀이 감기네

지친 삶의
묵직한 무게가
겹나게들 실려져 있네

전설

전해져 내려오는 이야기다

입에서 입으로들
전해지고 있는 그 전설

겨울 나뭇가지 위에
눈 꽃송이 하얗게 피었네

그 하얀 설화

하얀 꽃으로들
피어 있네
예쁘게

입에서 입으로들
전하는 그 모습

저 이별

떠나가는 것들은 말이 없어라
슬픈 마음이 들어도 그렇네요

저 이별
말은 안 해도
가시는 님 보내는 마음
그 가슴 속 아픔이더이다

다들 웃고들 꽃으로들 피어
누군가의 기쁨이었던
그 꽃님네들 지네

아름다운 그 모습
꽃씨 하나 그 품에 남기고
말없이들 슬며시 지네

저녁노을 붉게 지고 있는
해님의 마음도 그러하리라
꽃님네들 그 품에 안은
그 꽃씨 하나처럼

흔적

뭐든 남기고 가는 것이어라

살며 남긴
그 흔적

누군가에겐 추억이 되고
다른 누군가에게는 생각과는 달리
상처로 남는 일이기도 하다

꽃님네 웃고들
지는 것을 보고 있네

추억인지 상처인지
모를 그 흔적

다른 생각

서로 다른 생각
가끔은 그 생각이 달라
충돌하기도 하지만
그 다른 생각

새로운 것을 향한
출발이기도 하더이다

집을 짓네
혼자서는 누구든
할 수 있는 일이 아니어라

생각이 다른 사람들 여럿 모여
이것저것 꼼꼼히 따져보네
서로 충돌도 해가며
그렇게들 말이어라
새집을 짓네

빵

부풀어 오르네

여러 사람 함께들 하려고
크게 부풀어 오르네

빵

그 빵
보기에 빵빵하게
터질 것만 같아 보이네
부풀어진 그 빵
여러 사람 말이네요

오빙이어의 기적을 믿는
일용할 양식이어라
주 하느님이 베푸는
마음이기도 하더이다

사랑이 듬뿍 담겨 있는

그 빵에 손을 얹네요
감사한 마음으로 그래요
고마운 마음 전하고들 그래요
여럿이 다 함께할 수 있는
사랑 듬뿍 담긴 빵빵한
그 빵

그리움 Ⅲ

기적소리 울리네
기차는 떠났고
그 떠나간 자리에
그리움만 남아 있네

남겨진 자가 감내해야 하는
말 없는 고통이어라
그리움

그것 말이어라
기차 떠난 지 얼마나 되었다고
그저 보고 싶은 마음뿐이네
마음 한 구석 비어 있는
그곳에 자리한
하얀 국화꽃 그 한 송이

철판 떡볶이

가래떡 두리뭉실
고추장 고춧가루 썩어놓은
빨간 그곳 철판에
뒹굴뒹굴

어린 동심을 꼬여내고 있네
어른이 되어서도 즐겨 먹는
어린 시절 추억이어라

철판 떡볶이
아이들 마음이 침을 흘리며
빨간 철판에 놀고 있네
이쑤시개에 콕 찍어 먹는 빨간 그 맛

웃고들 사네

매사에 웃고들 있네
그저 누가 뭐라고 해도 히죽
웃고들 사네

사는 것이 웃고들 피어 있는
꽃이려니 하네
꽃님네들만
웃고 있는 것이 아니어라

사람들도 웃고들 살면
꽃님네들처럼
보인다고 하더이다

웃어 봐요
그저 웃어 봐요

꽃님네들 웃고 있는 그것처럼

웃음 치료

몸이 아프고
마음도 아픈데

꽃을 보면 그 아픈 것이
잠시 쉬어간다고들 하네요

웃음 치료

아픈 사람들이 모여 있는
그곳에 가보면 아네
참말로 아픈 그 사람들이
웃고 있는 것을
그 사람들 얼굴에 웃음꽃이
활짝 피어 있는 것을

처음

설레임이기도 한 그것

누구에게나 그 처음은 말이어라
두렵고 어려운 일이기도 하더이다

처음 낯선 곳에서
그 처음을 보네

첫사랑의 느낌이 머뭇머뭇
설레이고 두근두근
그러하듯

수줍게
꽃의 모습으로
웃고들 피어 있네

산책

걷다 보면 느껴지는 차분해지는 마음
길가에 핀 꽃들이 웃고 있네

산책
누군가와 함께이면 그저 좋아
길가에 핀 꽃님네들 모두가
웃고들 있어서도 좋아

그 꽃님네들
덤으로 보게 되는
기분이 좋아지는 마음이어라

그 산책길에
꽃님네들 웃고 있는 그 모습

음

미진할 때
내는 소리여라

음

궁색할 때 내는 소리여라
묻는 말에 속 시원하게 뭐라고
대답을 할 수 없어 내는 소리여라

음음

사람들 아우성
이것저것들이 불만이여
여기저기 다들 보채고는 있는데
할 수 있는 일이 그리 많지는 않네

불이 났다고 하는데도
그러고들 있네

음음 음메

딸랑딸랑하고들
이 골 저 골 그 골짝에
힘들게 다랑이 그 논밭을
갈고 있는 소 워낭소리

슬프게들 울리고 있네
딸랑

4부
일어서는 법

수의

사람들 저승길에 입는
그 옷

수의
그 옷에는 주머니가 없다
다들 누구의 옷이든
빈 주머니라고들 하네
저승길 그 가는 길에 말이어라

웬 돈 욕심인고
에고 에고
누구든 죽어서는 탈탈 털고
빈손이더라

수의 그 하얀 마음을
그 빈 주머니에 담아 본다

작대기

작대기가 한 일
구멍은 모르고 있네

작대기 들쑤셔
흔들어대고들
재밌다고 그러는데도 말이네

그 구멍은 모르고 있네
참말로 모르는 척하는
것인지는 몰라도
겉으로는 그러고 있네

세상 모를 일이어라
끼리끼리
재밌게 사는 그 일
내로남불

추락

위험한 일인데
어떤 시인은
추락하는 그것을 보며
날개가 있다고 하네

살다가 보면 이런저런
말도 되지 않은 일이 수두룩일세

추락
떨어져 봐야 아나
가만히 앉아서 뭐하는 짓들인고

내려앉는 그 심정
고통이어라

추락하는
그 일

사기

그릇인 줄 알았는데
그게 아니었네

사기

벌건 대낮에
그릇 모양으로 생긴 그것이
하얗게 사기를 치고 있네

그릇처럼 보이는 하얀
그것 말이어라
많은 사람들

다들 열받게 하네
사기

근심 걱정

걱정이 병이 됐어요
근심 말이네

근심 걱정
있지도 않은 것을
미리하는 그것들 말이어라
스스로들 병을 만드네
그 있지도 않은 일을 갖고

사는 게 그렇네
다들 웃고들 살면 좋은데도
쓸데없는 일에 웬 그리들 말이네
생각들이 많은지 말이어라
웃고 넘어갈 수 있는 일에도
기분들 좋게 웃지를 못하고서
생각생각 또 생각들 거시기
근심 걱정이 그리 많은지
참말로 Aa
이래저래 다들 근심 걱정

부부

여보 그거 하나면
다 통한다

눈빛 마주치며
애타게 부르는 그 소리
어디서든 언제 봐도
정겹게들

여보
나의 하나뿐인
그 여보 말이어라
오늘도 이침 일찍부터
야단법석이네요

여보, 여보
꽃보다도
더 귀한 나의
사랑스럽기만 한 그 여보

인연

연을 맺는 그것
꽃으로들 피는 일이더라

부부의 연
지인과의 연
부모자식간의 연
사물과의 연 등등
그 인연

연꽃처럼 예쁘게 꽃으로들
피는 일이어라
가지각색들 울긋불긋
어우러져 있는 각기 다른
그 꽃의 모습을 웃고들 보네

시를 쓴다

고통스러우니까
시가 써지네
그 시에다 아픈 마음을 전하고 있네
조금만 아파도 시를 쓰는
그 마음이 그러할진대
아이고 정말로 많이 아픈 사람들
마음은 어떠할꼬

시를 쓴다
아픈 상처가 꽃으로들 피고 싶은
마음이려니 하네

그런 시를
아픔을 딛고 써 보네

일어서는 법

희망이어라
넘어진 자리에, 자리에
그대로 머물러들 있지 마세요

넘어진 상처가
딛고들 일어나면
희망이라고들 해요

일어서는 법
누가 가르쳐주지 않아도
어렵지 않다고들 하네
상처 입은 그것이 아파도
이러니저러니 투덜거리지 말고
참고들 일어서면 말이네
아픈 그것이 말이어요
빨간 꽃으로들 핀다고 해요

표

던지는 일이다
이런저런 이유로
그 표를 던지고 있네

표
그 던진 것을
많이 얻어맞은 사람이
홀로 웃고 있네요
아플 것 같은데 말이어라

선거철 많이 얻어맞는 것
아이고 좋아서들 말이네
두들겨 맞았는데도 웃고들

나쁘지는 않다고 하더이다
그 표심

동의어

어렸을 때는
안중근 의사의 직업이
의사인 줄 알았는데
그게 아니었어요

의로운 일을 하는 사람을
그렇게 부른다는 것을

동의어
표기는 같은데
치료하는 의사는
따로 있다는 것을 커서 알았어요

비슷한 듯 전혀 다른
언어의 유희

엉뚱한 소리를 하는 사람들 보면
지금도 그래요

염치없는 사람들이 하는
끼리끼리 웃고들 즐기는 그 궤변

안중근 의사가
저승에서 웃고 있네

받아쓰기

초등학생만 하는 줄 알았는데
커서도 하네

받아쓰기

어른이 되어서도
한글 이해가 쉽지 않은 모양이다

나라님 하시는 말씀
힘깨나 쓰는 놈들 이야기

때로는 따로 적지 않고서는
도대체 무슨 말인지를 몰라

여전히들 받아 쓰네

거친 손

손을 보고 있다

손에 든 것을 봐야 하는데
거친 손을 보고 있네

거친 손
그 거친 손안에 잡아 든 것
움켜쥐느라고들 말이네
얼마나 애를 쓰고 살았으면
그렇게들 손이 거칠까

하루 세끼
벌어먹기 바쁘게들 살아온
힘이 들어 안타깝게들 보이는

그 고생한 어깨가 무거운
그런 사람들의 손이기도 하이

민심

밟혀서도 꽃이어라

모진 세월
힘들다고는 해도
그 민심
가만히
들여다보네

어디서든
밟혀서도 피는 꽃이더라

길가에 핀 민들레
민초들의 삶이 그렇네

여기저기서
하얗게들 또는 노랗게
웃고들 피어 있네

스님

중중 까까중 놀려도 웃음인데

세상 사는 거 왜
이리도 힘들어하는지
사는 게 참 그렇다

스님들 웃는 모습이 부럽기만 하이

아이고
참말로들 그러네

스님

그 스님들 웃는 모습에
내려놓지 못하는 마음이
부끄럽기만 하이

피터팬

늘 순수한 소년이고 싶었다
그 피터팬

순수 그 자체가
나쁜 것은 아닌데
나이 들고 보니
저만 홀로이더라

친구들마저
다 떠나가고 없더이다
나 홀로

부부로 산다는 것

싫든 좋든
그것 말이네
함께하는 여정이어라

가끔 싸워도
웃고 즐기며 가야 하는 길이어라
그 부부로 산다는 것

노년에는 다들
내 아내가 내 옆에 있어
내 남편이 나의 옆에 있어
좋다고들 하네요
석양에 지는 빨간 노을도
수줍게 웃네

오래된 기억

공책에 써두었는데
구석진 곳에서
오랜 세월 처박혀 지내다 보니
너덜너덜 다 헤지고 낡았네
지난 시절이 그리워 잠깐 틈내어
그 공책을 꼼꼼히 넘겨 보네
낡은 그것이 망가질까 걱정이네

오래된 기억
그 기억이 말이어라
꼼꼼하게 넘겨서 보는
그 손때 묻은 기억들

이제는 그 모든 것이
추억이고 그리움이네요
아주 오래된 그 기억

그네

튼튼한 나뭇가지에
줄을 길게 늘어뜨려
매어 다네

그네
그 줄을 잡고 날고 싶은
그런 마음이어라

줄을 잡고
마구 흔들어 보네
혹시나 해보는 그 마음

발을 쭉 뻗어가며
날아보려 발버둥이네
저 하늘 높이

같은 생각

마음이 아프면 몸도 아프다
몸이 아프면 그 마음이 아픈 것처럼
서로 분리할 수 없는 동질감이네

그 같은 생각
누구든 동의할 것이네
바늘 따라 실이 가는 일

그 바늘이
콕콕 찌른 것을
가는 실이 감싸고 있다

평화

볕이 잘 드는 양지바른 곳에서
비둘기들이 풀잎을 쪼고 있네
그 풀잎들이 아프다는 데도
아랑곳하지 않고들 그러네

그걸 보다 못해
옆에 있는 들꽃들이
그 비둘기들 바라보며
웃으면서 좋게 말을 하네

거시기 왜들 그러냐고 하면서
쪼지만 말고 웃고들 말이어라
저 하늘 높이 날아보라고

평화
모두가 웃고 있으면
볕이 잘 안 들어도 마음이
쪼는 행위가 아니어도
다들 모두가 평화롭네

저 하늘의 빛이어라
그 영광
땅에는 평화

행간

글자와 글자 사이에 있는
그 빈 공간

행간
그것 말이어라
빈 것이 아니었네
생각하는 자리였네

신문에 난 기사 하나하나를 읽다가
가만가만 그 빈 곳을 보네

그 비어 있는 곳에
자리한 내 생각

책임

부조리한 사회의 단면을 보네

성폭력
아동학대
무차별 살인 등등

무책임한 그 모습들
볕이 들지 않는 그늘이어라

책임

물어봐도
누가 책임질 것인가
아무도 책임지는 사람이 없네

민초들 발아래
밟혀서도 웃자는데

여전히들 웃고자 하는

그것을 말이네
사정없이 밟고 있네

저 길가에 핀 민들레

여기저기서 웃고 있는데
우리네 일부 모진 삶은 참말로
왜들 그러고들 사는지 모르겠네

아서 아서라고 해도 멈추지 않는
부조리한 사회의 그런 모습들이
어찌들 하면 다들 멈출꼬
야속도 하네요

저 하늘도 거시기하네
참말로 무심하이

밀다

낭떠러지만 아니면 된다

언덕을 넘네
리어카아 *끄*는 할매
누군가 뒤에서 미는 것을
뒤돌아보며 고맙다고 하며
그렇게 말하더이다

밀다
언덕을 넘네
그 고개를 넘네

리어카에 잔뜩 실린
폐지 등등

버려진 것과 함께

자원봉사

도움의 손길을 뻗고 있는 그것
꽃이어라, 꽃이더라

스스로들 웃고 하는 그 일
자원봉사

우리가 흔히 보는
그런 꽃이 아니어도

몰래 핀
꽃이어라, 꽃이더라

그늘진 곳에서
시름시름 시든 모습도
무엇이든 웃음꽃으로들
피어나게 하는 그런 꽃이더라

웃네, 웃네
웃고들 있어요
모두가 이쁜 꽃으로들 피어

닭똥집

생각나는 게 있다고 한다
그 닭똥집

늦은 저녁
포장마차 안에서
서민들의 고된 하루가
그 닭똥집 이리저리 요리해서
소주 한 잔에 녹네

똥집이여
다들 냄새가 안 나냐고 묻네만
똥내 나는 일은 전혀 없고
힘들게들 사는 서민들의
그 입맛에는
그렇지가 않네

싸게 싸게 먹어서도 좋고
그 닭들 그것 닭똥집 말이어라
지저분하게 별소리들 다 하네요

싸게들 맛만 있으면 되는 것 아닌가

온 힘 다해 알 낳느라 힘을 주던
그 똥집이 허허
다들 싸게 날래 먹으면서
거 웬 말이 그리 많은고
꽤나 욕심도 많네요 하며
비실비실 웃고 있다

사표

가슴에 늘 지니고 생각해 보는
직장인의 그 고된 마음
사표

지금 이곳저곳에서
다들 그걸 달리 포장해
종용하고 있다

가슴에 늘 지니고 있는
고된 마음
그 사표보다는
사전투표가 최선이라고들 하며

힘든 일자리 내던지는 것은
아니라고들 말이어라
꼬드기고 있네
그 사전투표

그렇다고는 해도
정작 여러 사람 생각들 말이네
이 새끼 저 새끼들 다 하나같이
맘에 안 든다고 고민일세

해야 되나
말아야 되나
그 사전투표

바로 세우겠다

여의도
그 조그만 섬나라에 사는 사람들
흔히들 쉽게
바로 세우겠다

그리들
말을 하고 있다
뭘 바로 세우겠다는 것인지
알 수가 없는데도
그러네요

꽃이 되고 싶은 잠자는 것들의 희망

누워 있던 것들이 기지개 켜고
일어났으면 좋겠네

이참에 곧
바로

천진무구한 꽃의 웃음이 따사롭다

박관식(소설가)

김동우 시인이 첫 번째 시집 『번뇌의 시간, 꽃으로 피다』를 출간한 지 두 달 만에 두 번째 시집을 발간하는 일은 일종의 사건이라고 하는 편이 옳다.

그 어떤 시인도 이런 기록을 세우기란 한마디로 '별 따기'가 아닐까 싶다.

그런 데는 앞서 밝힌 바대로 다량의 시를 보유하고 있으므로 가능한 일이다. 이런 추세로라면 1년에 5~6권의 시집도 낼 수 있다는 추론이 나올 법하다.

아닌 게 아니라 그의 첫 시집을 본 독자들의 반응이 뜨겁다. 김동우 시인은 그의 시집을 읽은 주변 지인들이 모두 감동해 시집을 다른 이들에게 전파하는 데 앞장선다고 귀띔했다.

이번 시집에도 시인의 특기대로 꽃에 관한 이야기가 많이 나온다. 여전히 그가 자주 사용하는 꽃의 웃음이 질펀하게 깔려 있다.

'누가 돌보거나 가꾸는 사람들 없어도 산과 들에 어디든 웃고들 피는 그 꽃 야생화 / 보는 이 없어도 그 하루하루가 말이네요 언제든 즐거움이어라 해님 보고들 웃네요 따사한 햇살에 그 감사한 마음 전하고들…'

「야생화」의 시에서 밝힌 대로 천진무구한 꽃의 웃음이 따사롭다.

그런가 하면 꽃과 무관한 일상과 연관된 현대인의 무료한 삶의 부당한 한 단면들을 슬쩍 꼬집는 시도 많다.

시 「수의」를 보면 "사람들 저승길에 입는 수의에는 주머니가 없다 다들 누구의 옷이든 빈 주머니라고들 하네 저승길 그 가는 길에 말이어라"라고 표현한다.

또한 「작대기」라는 시에서는 알 듯 모를 듯 미묘한 시어로 독자들을 곤궁에 빠지게 유도한다.

'그 구멍은 모르고 있네 참말로 모르는 척하는 것인지는 몰라도 겉으로는 그러고 있네 / 세상 모를 일이어라 끼리끼리 재밌게 사는 그 일 내로남불'

바로 이런 김동우 시인만의 시침 떼는 시적 표현이 독자에게 웃음을 유발하면서도 그 후면에 감춰진 반어법적인 미소가 많은 것을 생각하게 한다.

　　그래서 김동우 시인의 시가 처음 접한 독자들에게 감동을 전해 주는 것이리라.